U0001513

第一次王國裡的人物介紹

國王

第一次王國的國王。總是想要挑戰所有的「第一次」，常常想到什麼就要馬上行動，讓大家非常困擾。他喜歡各種動物，特別是野生動物。

小黃

王國裡最厲害的動物博士，也會演奏銅鈸。擁有最重要的寶物是世界各國的動物圖鑑，喜歡的動物是游泳姿勢優雅的河馬。

阿橘

王國裡最厲害的指揮家。最近發現有人偷看他的日記，所以新買了一個鎖。最喜歡的動物是會捲起身體保護自己的犰狳。

作者／**Tojo-San**

　　充滿謎團的神祕人物。沒有人知道他的真實身分，興趣是解謎。喜歡的動物是小雞，有騎過鴕鳥哦！著有《第一次王國1：走音國王的演唱會》、《第一次王國2：超多草莓的盛宴》。

繪者／**立本倫子**

　　出生於日本石川縣，現任大阪藝術大學文藝學系副教授。創立「colobockle」品牌，專門企畫並製作與兒童相關的多媒體產品。插畫長才展現於繪本、電視廣告、雜誌、CD設計和角色設計中，同時也活躍在影像製作、玩具、童裝和雜貨等各大領域。只要是具有童心，能拓展豐富想像力的幽默事物，她都想努力嘗試。在小熊出版的繪本有《形狀國王》和《時鐘國王》，作品也翻譯至亞洲和歐洲多國，在世界各地都很有人氣。喜歡的動物是有帥氣鬃毛的獅子。

監修／**小澤博則**

　　在濱學園補習班教導思考數學問題的老師。作品有《一學就上手學習法》、《迅速理解！讓你嚇一跳的小學數學》（以上暫譯）等。喜歡的動物是河馬。

監修／**成島悅雄**

　　獸醫，曾任動物園園長、大學客座教授。著有《等身大小動物館》、《圖鑑NEO動物》、《珍獸圖鑑》（以上暫譯）等，另審訂多部書籍。喜歡的動物是生活悠閒、外型帥氣的水牛。

翻譯／**蘇懿禎**

　　臺北教育大學國民教育學系畢業，日本女子大學兒童文學碩士，目前為東京大學教育學博士候選人。熱愛童趣但不失深邃的文字與圖畫，有時客串中文與外文的中間人，生命都在童書裡漫步。夢想成為一位童書圖書館館長，現在正在前往夢想的路上。

　　在小熊出版的翻譯作品有「媽媽變成鬼了！」系列、《被罵了，怎麼辦？》、《廚房用具大作戰》、《第一次王國1：走音國王的演唱會》、《第一次王國2：超多草莓的盛宴》等。

第一次王國
一日動物園驚魂 ❸

作者／Tojo-San　繪者／立本倫子
翻譯／蘇懿禎

驚魂
受驚嚇的心情。

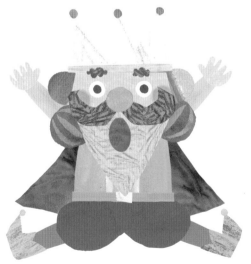

這裡是第一次王國。
第一次王國的國王，
最喜歡「第一次」了。

一位穿著黃色衣服的人在城堡裡巡邏，他是這個國家最厲害的動物博士小黃。
國王為了這次「一日動物園」活動，特別請他來幫忙。

活動圓滿結束了！
明早，動物們就會各自回到原來的地方。今晚，好朋友阿橘也來陪他一起巡邏。

「這個房間也確認完畢，沒問題！」

「你的包包好大呀！」

「等一下有件事想和你討論。好，接下來這個房間……」

打開門，　黑暗中有
好多雙眼睛。

小黃趕緊打開燈。
「籠子是空的！　」
小黃非常吃驚。

阿ㄚ橘ㄐㄩˊ卻ㄑㄩㄝˋ很ㄏㄣˇ開ㄎㄞ心ㄒㄧㄣ。

「太ㄊㄞˋ棒ㄅㄤˋ了ㄌㄜ！斑ㄅㄢ馬ㄇㄚˇ、非ㄈㄟ洲ㄓㄡ象ㄒㄧㄤˋ、長ㄔㄤˊ頸ㄐㄧㄥˇ鹿ㄌㄨˋ、黑ㄏㄟ猩ㄒㄧㄥ猩ㄒㄧㄥ、牛ㄋㄧㄡˊ羚ㄌㄧㄥˊ和ㄏㄢˊ瞪ㄉㄥˋ羚ㄌㄧㄥˊ。還ㄏㄞˊ有ㄧㄡˇ犬ㄑㄩㄢˇ羚ㄌㄧㄥˊ，之ㄓ前ㄑㄧㄢˊ只ㄓˇ在ㄗㄞˋ圖ㄊㄨˊ鑑ㄐㄧㄢˋ上ㄕㄤˋ看ㄎㄢˋ過ㄍㄨㄛˋ呢ㄋㄜ！」

斑馬

非洲象

倭黑猩猩

牛羚

8

「那不是黑猩猩，是倭黑猩猩。不過他們長得很像！」

長頸鹿

犬羚

瞪羚

這時候， 他們發現動物後面有人影晃動。

「斑馬的毛粗粗的， 好好玩！ 」

「原來是國王！ 為什麼把動物從籠子裡放出來了？ 」

「動物本來就在外面呀！ 想到明天就要跟牠們分開， 我很捨不得， 所以就來看看牠們。 」

「咦？ 鑰匙不見了！ 」

斑馬

小黃發現自己的口袋破了一個洞，臉色瞬間發青。

獅子

「應該是撿到鑰匙的人把籠子打開。可是後面房間還有獅子啊！」

13

「大事不妙， 我們趕快去看看！ 呃， 可是獅子好可怕！ 但不去看又不行。 這……該怎麼辦？ 」

「我自己一個人去。 阿橘， 你在這裡等著。 」

「這麼危險， 還是一起去吧！ 」

「我也去！ 」

三人朝著獅子的房間前進。

好ㄏㄠˇ像ㄒㄧㄤˋ有ㄧㄡˇ人ㄖㄣˊ正ㄓㄥˋ試ㄕˋ圖ㄊㄨˊ打ㄉㄚˇ
開ㄎㄞ籠ㄌㄨㄥˊ子ㄗ。

找出正確的鑰匙

1　2　3　4　5　6

喀ㄎㄚˋ嚓ㄘㄚˋ！

5 號ㄏㄠˋ鑰ㄧㄠˋ匙ㄕ是ㄕˋ正ㄓㄥˋ確ㄑㄩㄝˋ的ㄉㄜ˙。

他ㄊㄚ們ㄇㄣ˙繼ㄐㄧˋ續ㄒㄩˋ前ㄑㄧㄢˊ進ㄐㄧㄣˋ， 有ㄧㄡˇ好ㄏㄠˇ多ㄉㄨㄛ
動ㄉㄨㄥˋ物ㄨˋ跑ㄆㄠˇ出ㄔㄨ來ㄌㄞˊ了ㄌㄜ˙。
紅ㄏㄨㄥˊ袋ㄉㄞˋ鼠ㄕㄨˇ和ㄏㄜˊ
高ㄍㄠ角ㄐㄩㄝˊ羚ㄌㄧㄥˊ到ㄉㄠˋ處ㄔㄨˋ
蹦ㄅㄥˋ蹦ㄅㄥˋ跳ㄊㄧㄠˋ跳ㄊㄧㄠˋ， 馬ㄇㄚˇ來ㄌㄞˊ豪ㄏㄠˊ豬ㄓㄨ豎ㄕㄨˋ
起ㄑㄧˇ背ㄅㄟˋ上ㄕㄤˋ的ㄉㄜ˙刺ㄘˋ， 犰ㄑㄧㄡˊ狳ㄩˊ為ㄨㄟˋ了ㄌㄜ˙
保ㄅㄠˇ護ㄏㄨˋ自ㄗˋ己ㄐㄧˇ， 把ㄅㄚˇ身ㄕㄣ體ㄊㄧˇ捲ㄐㄩㄢˇ成ㄔㄥˊ
球ㄑㄧㄡˊ狀ㄓㄨㄤˋ。

高角羚

紅袋鼠

犰狳

馬來豪豬

「晚上居然還這麼有精神！」
他們三個人悄悄的走著，
不讓動物受到驚嚇。
「這些動物大多晚上
精神更好，獅子
也是哦！我們
快走吧！」

牛羚

非洲象

倭黑猩猩

犰狳

咦ㄧ？ 好ㄏㄠˇ像ㄒㄧㄤˋ有ㄧㄡˇ人ㄖㄣˊ拿ㄋㄚˊ著ㄓㄜˋ鑰ㄧㄠˋ匙ㄕ。
但ㄉㄢˋ小ㄒㄧㄠˇ黃ㄏㄨㄤˊ沒ㄇㄟˊ發ㄈㄚ現ㄒㄧㄢˋ，
繼ㄐㄧˋ續ㄒㄩˋ往ㄨㄤˇ前ㄑㄧㄢˊ走ㄗㄡˇ。

長頸鹿

馬來豪豬

高角羚

好多其他動物也從籠子裡跑出來了。印度孔雀展開美麗的羽毛，貓頭鷹和鯨頭鸛靜靜的站著，鴕鳥奮力的跑來跑去。

「鳥禽類籠子也被打開了。」國王走向鯨頭鸛。

「只能看唷！鯨頭鸛是瀕臨滅絕的鳥類了！」阿橘也湊過來觀察。

鴕鳥

貓頭鷹

鯨頭鸛

倭黑猩猩

印度孔雀

「喂！說不定，開鎖的人不是人類呢！」

「有可能，黑猩猩或倭黑猩猩也辦得到。但不會有這種事吧！」

小黃急忙往獅子房間繼續前進。

這時，一旁的籠子也被打開了，原來是聰明絕頂的倭黑猩猩啊！

22

但是他們三個人完全沒有發現。
「那裡有河馬！」國王開心的大
聲喊道，並跑了起來。
小黃立刻擋在國王面前。

凶猛
凶惡勇猛。

「河馬非常凶猛，要是進入牠的
領域，有可能被咬死哦！所以絕
對不能過去！而且我們再不趕快
去找獅子，萬一牠跑出籠子，整
個國家的人都會有危險。」小黃
對國王說道。
「但是，要去獅子那裡，一定得
經過這裡……」

正當小黃不知道
該怎麼辦的時候，
阿橘說：「河馬的
腿很短，跑起來應該
很慢。我們跑快一點
不就好了嗎？」
小黃默默搖了搖頭。
「河馬跑起來跟開在路上的
汽車一樣快哦！」
說完，小黃一個翻身，跳上
鴕鳥，直接往河馬方向
衝了過去。

河馬

「喝！」

小黃大聲指揮著鴕鳥。

河馬轉頭看向奔來的小黃。

鴕鳥跑呀跑，跑進了河馬籠子，裡面有一窪水池。

「要掉進水池啦！」

阿橘不敢看下去。

「跳！」

小黃大喊一聲，

鴕鳥一躍而過。

身_{ㄕㄣ}後_{ㄏㄡ}傳_{ㄔㄨㄢ}來_{ㄌㄞ}
河_{ㄏㄜ}馬_{ㄇㄚ}落_{ㄌㄨㄛ}水_{ㄕㄨㄟ}的_{ㄉㄜ}聲_{ㄕㄥ}音_{ㄧㄣ}。
「 河_{ㄏㄜ}馬_{ㄇㄚ}泡_{ㄆㄠ}泡_{ㄆㄠ}水_{ㄕㄨㄟ}就_{ㄐㄧㄡ}會_{ㄏㄨㄟ}
冷_{ㄌㄥ}靜_{ㄐㄧㄥ}下_{ㄒㄧㄚ}來_{ㄌㄞ}了_{ㄌㄜ}。 」

小ㄒㄧㄠ黃ㄏㄨㄤ摸摸ㄇㄛ鴕ㄊㄨㄛ鳥ㄋㄧㄠ的ㄉㄜ頭ㄊㄡ， 從ㄘㄨㄥ房ㄈㄤ間ㄐㄧㄢ的ㄉㄜ飼ㄙ料ㄌㄧㄠ箱ㄒㄧㄤ拿ㄋㄚ出ㄔㄨ一ㄧ顆ㄎㄜ西ㄒㄧ瓜ㄍㄨㄚ。

「 這ㄓㄜ隻ㄓ河ㄏㄜ馬ㄇㄚ喜ㄒㄧ歡ㄏㄨㄢ吃ㄔ西ㄒㄧ瓜ㄍㄨㄚ。 」

這ㄓㄜ時ㄕ， 小ㄒㄧㄠ黃ㄏㄨㄤ手ㄕㄡ一ㄧ滑ㄏㄨㄚ， 西ㄒㄧ瓜ㄍㄨㄚ滾ㄍㄨㄣ進ㄐㄧㄣ了ㄌㄜ洞ㄉㄨㄥ裡ㄌㄧ。

「 糟ㄗㄠ糕ㄍㄠ， 要ㄧㄠ怎ㄗㄣ麼ㄇㄜ把ㄅㄚ西ㄒㄧ瓜ㄍㄨㄚ撿ㄐㄧㄢ出ㄔㄨ來ㄌㄞ呢ㄋㄜ？ 」

撿西瓜

「把ㄅㄚˇ水ㄕㄨㄟˇ灌ㄍㄨㄢˋ到ㄉㄠˋ洞ㄉㄨㄥˋ裡ㄌㄧˇ， 西ㄒㄧ瓜ㄍㄨㄚ就ㄐㄧㄡˋ會ㄏㄨㄟˋ浮ㄈㄨˊ上ㄕㄤˋ來ㄌㄞˊ嘍ㄌㄡ！ 」

阿ㄚ橘ㄐㄩˊ把ㄅㄚˇ水ㄕㄨㄟˇ灌ㄍㄨㄢˋ進ㄐㄧㄣˋ洞ㄉㄨㄥˋ裡ㄌㄧˇ， 西ㄒㄧ瓜ㄍㄨㄚ真ㄓㄣ的ㄉㄜ˙慢ㄇㄢˋ慢ㄇㄢˋ浮ㄈㄨˊ了ㄌㄜ˙上ㄕㄤˋ來ㄌㄞˊ。

小_{ㄒㄧㄠ}黃_{ㄏㄨㄤ}撈_{ㄌㄠ}起_{ㄑㄧ}西_{ㄒㄧ}瓜_{ㄍㄨㄚ}， 放_{ㄈㄤ}進_{ㄐㄧㄣ}河_{ㄏㄜ}
馬_{ㄇㄚ}的_{ㄉㄜ}大_{ㄉㄚ}嘴_{ㄗㄨㄟ}裡_{ㄌㄧ}。
河_{ㄏㄜ}馬_{ㄇㄚ}一_ㄧ口_{ㄎㄡ}咬_{ㄧㄠ}下_{ㄒㄧㄚ}， 吃_ㄔ得_{ㄉㄜ}好_{ㄏㄠ}
開_{ㄎㄞ}心_{ㄒㄧㄣ}。

某_{ㄇㄡ}處_{ㄔㄨ}，
傳_{ㄔㄨㄢ}來_{ㄌㄞ}動_{ㄉㄨㄥ}物_ㄨ叫_{ㄐㄧㄠ}聲_{ㄕㄥ}。

他ㄊㄚ們ㄇㄣ走ㄗㄡ出ㄔㄨ房ㄈㄤ間ㄐㄧㄢ，遇ㄩ見ㄐㄧㄢ一ㄧ隻ㄓ白ㄅㄞ
色ㄙㄜ動ㄉㄨㄥ物ㄨ，看ㄎㄢ起ㄑㄧ來ㄌㄞ很ㄏㄣ沒ㄇㄟ精ㄐㄧㄥ神ㄕㄣ。
「是ㄕ不ㄅㄨ是ㄕ太ㄊㄞ熱ㄖㄜ了ㄌㄜ不ㄅㄨ舒ㄕㄨ服ㄈㄨ呢ㄋㄜ？
好ㄏㄠ可ㄎㄜ憐ㄌㄧㄢ。　」

「這是海豹寶寶，我們送牠回房間吧！」
小黃輕柔的抱起海豹寶寶。
「需要繞一點路……沒關係吧？」阿橘點了點頭。

豎琴海豹（寶寶）

打開門，一一陣冷氣撲面而來。整個房間裡不只積雪、結冰，還垂掛著冰柱。

34

海豹寶寶回到冰冷的房間就恢復了精神。

豎琴海豹（成年）

「我們快去獅子房間吧！」
國王一一抬起腳，就在結冰的
地板上滑了一一跤。

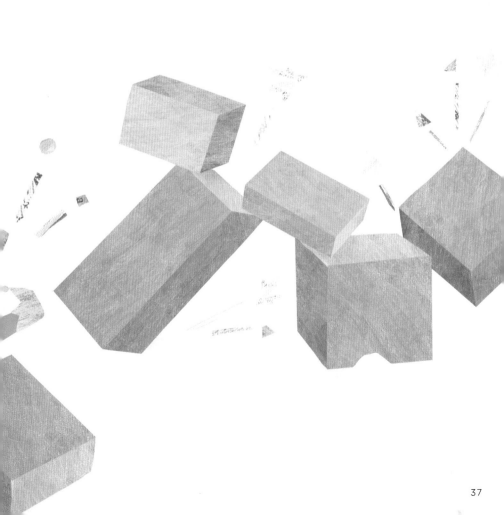

啪嚓！

突然颳起強烈冷風，房間裡一片白茫茫。

「啊！冷氣開關可能壞了。」

「什麼？」

「太冷了，身體動不了了……」

四周吹起狂風暴雪，　對面好像有什麼東西。

好像是很多皇帝企鵝擠在一起取暖。

「　太冷了，　也讓我進去吧！　」
國王擠進企鵝群中。
「　阿橘，　我們也進去吧！　」
小黃抱起凍僵的阿橘，　一起跳入企鵝群裡。

擠ㄐㄧˇ呀ㄧㄚˊ擠ㄐㄧˇ，　擠ㄐㄧˇ呀ㄧㄚˊ擠ㄐㄧˇ，　往ㄨㄤˇ企ㄑㄧˋ鵝ㄜˊ群ㄑㄩㄣˊ中ㄓㄨㄥ心ㄒㄧㄣ擠ㄐㄧˇ進ㄐㄧㄣˋ去ㄑㄩˋ。

「　嗚ㄨ！　魚ㄩˊ腥ㄒㄧㄥ味ㄨㄟˋ好ㄏㄠˇ重ㄓㄨㄥˋ，　實ㄕˊ在ㄗㄞˋ很ㄏㄣˇ噁ㄜˇ心ㄒㄧㄣ。　我ㄨㄛˇ快ㄎㄨㄞˋ受ㄕㄡˋ不ㄅㄨˋ了ㄌㄧㄠˇ了ㄌㄜ。　」

皇帝企鵝

「　但ㄉㄢˋ是ㄕˋ身ㄕㄣ體ㄊㄧˇ變ㄅㄧㄢˋ暖ㄋㄨㄢˇ和ㄏㄜˊ了ㄌㄜ。　」

「　我ㄨㄛˇ們ㄇㄣ慢ㄇㄢˋ慢ㄇㄢˋ移ㄧˊ動ㄉㄨㄥˋ，　從ㄘㄨㄥˊ裡ㄌㄧˇ面ㄇㄧㄢˋ輪ㄌㄨㄣˊ流ㄌㄧㄡˊ站ㄓㄢˋ到ㄉㄠˋ外ㄨㄞˋ面ㄇㄧㄢˋ去ㄑㄩˋ吧ㄅㄚ！　」

「我覺得好想吐……」

「我們快到外面了，加油！」

三人被擠出了企鵝群。

「已經到門邊了。我們快去獅子那裡。」

「希望籠子還沒被打開……」

他們終於來到獅子房間，　有人正要打開籠子。

「倭黑猩猩！　」

「啊！　是絕頂聰明的猴子，所以知道怎麼開鎖呀！　」

倭ㄨㄛˇ黑ㄏㄟ猩ㄒㄧㄥ猩ㄒㄧㄥ打ㄉㄚˇ開ㄎㄞ籠ㄌㄨㄥˊ子ㄗˇ上ㄕㄤˋ的ㄉㄜ˙鎖ㄙㄨㄛˇ，
獅ㄕ子ㄗˇ緩ㄏㄨㄢˇ緩ㄏㄨㄢˇ走ㄗㄡˇ了ㄌㄜ˙出ㄔㄨ來ㄌㄞˊ。

獅子趴在地上，微微抬起頭望著他們。

國王和阿橘嚇得幾乎無法呼吸。

小黃看了看獅子，開口說話。

「白天餵牠吃了很多東西，只要不受到驚嚇，應該沒關係……應該是啦！我們安靜的慢慢往後退吧！」

三人開始一步步往後倒退。

「哎呀！」

倒退走的國王， 一個沒踩穩摔了一跤。

正當兩人想去救他時， 從小黃的包包裡掉出了一個盒子。
咚！

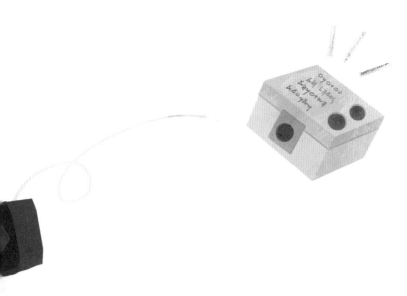

受_{ㄕㄡˋ}到_{ㄉㄠˋ}巨_{ㄐㄩˋ}大_{ㄉㄚˋ}聲_{ㄕㄥ}響_{ㄒㄧㄤˇ}驚_{ㄐㄧㄥ}嚇_{ㄒㄧㄚˋ}的_{ㄉㄜ˙}獅_ㄕ子_{ㄗ˙}站_{ㄓㄢˋ}起_{ㄑㄧˇ}身_{ㄕㄣ}， 直_{ㄓˊ}直_{ㄓˊ}朝_{ㄔㄠˊ}他_{ㄊㄚ}們_{ㄇㄣ˙}逼_{ㄅㄧ}近_{ㄐㄧㄣˋ}。

阿橘急忙轉頭逃跑。

「我的斗篷纏住了。」

國王還慢吞吞的。

小黃不知道跑去哪裡了。

「等等啊！ 小黃！ 」

阿橘大喊。

眼看獅子就要撲向國王了。

隨著小_{ㄒㄧㄠ}黃_{ㄏㄨㄤ}的_{ㄉㄜ}聲_{ㄕㄥ}音_{ㄧㄣ}出_{ㄔㄨ}現_{ㄒㄧㄢ}，　一_ㄧ股_{ㄍㄨ}
強_{ㄑㄧㄤ}力_{ㄌㄧ}水_{ㄕㄨㄟ}柱_{ㄓㄨ}噴_{ㄆㄣ}向_{ㄒㄧㄤ}獅_ㄕ子_ㄗ的_{ㄉㄜ}腳_{ㄐㄧㄠ}邊_{ㄅㄧㄢ}。

獅子往後退。
小黃手上拿著長長的水管。

獅子發出低吼，但是牠很討
厭水，所以不敢靠近。

小_{ㄒㄧㄠ}黃_{ㄏㄨㄤ}拿_{ㄋㄚ}著_{ㄓㄜ}水_{ㄕㄨㄟ}管_{ㄍㄨㄢ}前_{ㄑㄧㄢ}進_{ㄐㄧㄣ}，
讓_{ㄖㄤ}獅_ㄕ子_ㄗ慢_{ㄇㄢ}慢_{ㄇㄢ}退_{ㄊㄨㄟ}回_{ㄏㄨㄟ}籠_{ㄌㄨㄥ}子_ㄗ裡_{ㄌㄧ}。
小_{ㄒㄧㄠ}黃_{ㄏㄨㄤ}和_{ㄏㄜ}阿_ㄚ橘_{ㄐㄩ}趕_{ㄍㄢ}緊_{ㄐㄧㄣ}將_{ㄐㄧㄤ}籠_{ㄌㄨㄥ}子_ㄗ的_{ㄉㄜ}門_{ㄇㄣ}關_{ㄍㄨㄢ}
上_{ㄕㄤ}。
「先_{ㄒㄧㄢ}用_{ㄩㄥ}繩_{ㄕㄥ}子_ㄗ綁_{ㄅㄤ}起_{ㄑㄧ}來_{ㄌㄞ}吧_{ㄅㄚ}！」

「要怎麼綁繩子才不會輕易
鬆開呢？」

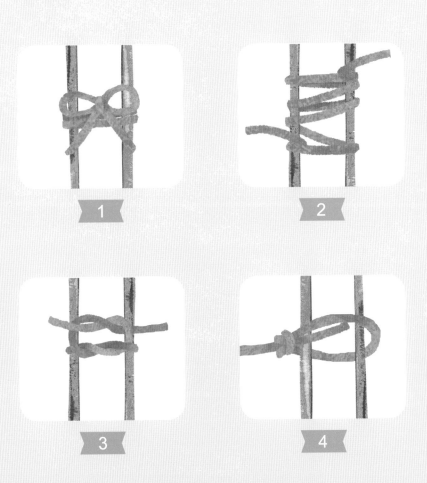

「這個綁法應該不會鬆開。」
阿橘用繩子牢牢的將門綁好。
「我們得趕快從倭黑猩猩那裡拿回鑰匙。」
小黃一邊說，一邊小心翼翼的撿起盒子。

「那個盒子是用來做什麼的？」
「這個盒子很久很久以前就在我家了。」
原來，小黃剛剛想和阿橘討論的就是這件事。
他把盒子拿給阿橘和國王看。

上_{ㄕㄤ}面_{ㄇㄧㄢ}有_{ㄧㄡ}一_ㄧ些_{ㄒㄧㄝ}字_ㄗ。

「這_{ㄓㄜ}是_ㄕ很_{ㄏㄣ}古_{ㄍㄨ}老_{ㄌㄠ}的_{ㄉㄜ}文_{ㄨㄣ}字_ㄗ。

寫_{ㄒㄧㄝ}的_{ㄉㄜ}是_ㄕ……」

兩_{ㄌㄧㄤ}個_{ㄍㄜ}鈸_{ㄅㄚ}。把_{ㄅㄚ}青_{ㄑㄧㄥ}銅_{ㄊㄨㄥ}放_{ㄈㄤ}進_{ㄐㄧㄣ}鑰_{ㄧㄠ}匙_ㄕ孔_{ㄎㄨㄥ}，就_{ㄐㄧㄡ}會_{ㄏㄨㄟ}閃_{ㄕㄢ}閃_{ㄕㄢ}發_{ㄈㄚ}光_{ㄍㄨㄤ}……

小_{ㄒㄧㄠ}黃_{ㄏㄨㄤ}拿_{ㄋㄚ}起_{ㄑㄧ}其_{ㄑㄧ}中_{ㄓㄨㄥ}一_ㄧ個_{ㄍㄜ}鈸_{ㄅㄚ}，想_{ㄒㄧㄤ}放_{ㄈㄤ}進_{ㄐㄧㄣ}鑰_{ㄧㄠ}匙_ㄕ孔_{ㄎㄨㄥ}裡_{ㄌㄧ}。

「等_{ㄉㄥ}等_{ㄉㄥ}，後_{ㄏㄡ}面_{ㄇㄧㄢ}還_{ㄏㄞ}有_{ㄧㄡ}字_ㄗ……」

「銅_{ㄊㄨㄥ}會_{ㄏㄨㄟ}招_{ㄓㄠ}來_{ㄌㄞ}火_{ㄏㄨㄛ}焰_{ㄧㄢ}。」

「哇！小黃，你手上那個真的是青銅嗎？」阿橘問。

「這個，我也不是很清楚。」

阿橘盯著兩個鈸看了又看。

「傷腦筋，我不知道怎麼分辨銅或青銅。」

「我知道！」國王得意的說。

青銅
把銅和錫混和在一起製成的金屬。

57

「之前我想改造士兵穿的銅鎧甲，就趁機嘗試了各種不同的材料。」

「國王果然對什麼事都躍躍欲試呀！」

阿橘有點無奈的說道。

「改成青銅後，比銅稍微輕一點！所以只要比重量，輕的那個就是青銅。」

「原來如此。那麼，我們就這麼辦吧！」

阿橘拿起身旁的棒子，在兩端綁上繩子，正中間再用緞帶提起來。

「把兩個鈸掛在繩子上，青銅那一邊應該會翹起來。」

「不愧是阿橘。」

國王和小黃將鈸掛在繩子上。沒想到，神奇的事情發生了！

棒子兩端居然一樣高。

「這表示兩邊一樣重嗎？青銅比較輕，應該會翹起來才對。可是棒子居然是平的，會不會是『體積』不一樣呢……」說完，阿橘把兩個鈸拿在手上。

體積
東西的大小。

「因為輕的青銅『體積』比較大，所以重量相同了。」

「原來如此，再來就要比『體積』了。」國王興奮的兩眼閃閃發亮。

「但是，看起來『體積』一樣大呀！」小黃煩惱的說。

三人完全不說話，陷入沉思。

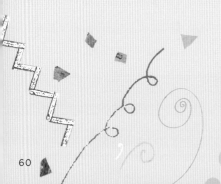

遠處傳來河馬和企鵝的叫聲。

輕

重

說ㄕㄨㄛ不ㄅㄨ定ㄉㄧㄥ是ㄕ

體ㄊㄧ積ㄐㄧ不ㄅㄨ一ㄧ樣ㄧㄤ。

小ㄒㄧㄠ 大ㄉㄚ

一ㄧ直ㄓˊ盯ㄉㄧㄥ著ㄓㄜ鈸ㄅㄚˊ看ㄎㄢˋ的ㄉㄜ阿ㄚ橘ㄐㄩˊ舉ㄐㄩˇ起ㄑㄧˇ雙ㄕㄨㄤ手ㄕㄡˇ大ㄉㄚˋ喊ㄏㄢˇ：「我ㄨㄛˇ知ㄓ道ㄉㄠˋ了ㄌㄜ！河ㄏㄜˊ馬ㄇㄚˇ！」

「河ㄏㄜˊ馬ㄇㄚˇ？」

「　回想一下河馬的西瓜。　很重的西瓜在水裡也會浮起來，　因為水裡有浮力。　『體積』越大的東西，　浮力會越大。　」

「　所以『體積』大的青銅，　受到的浮力會比『體積』小的銅還要大。　也就是說，　青銅在水裡會浮得比較高？　」

「　哈哈，　真是令人興奮。　」國王看起來相當開心。

重量相同

阿ㄚ橘ㄐㄩˊ緊ㄐㄧㄣˇ張ㄓㄤ的ㄉㄜ˙將ㄐㄧㄤ鈑ㄅㄢˇ放ㄈㄤˋ進ㄐㄧㄣˋ水ㄕㄨㄟˇ裡ㄌㄧˇ。
剛ㄍㄤ剛ㄍㄤ保ㄅㄠˇ持ㄔˊ水ㄕㄨㄟˇ平ㄆㄧㄥˊ的ㄉㄜ˙棒ㄅㄤˋ子ㄗ˙，　開ㄎㄞ始ㄕˇ慢ㄇㄢˋ
慢ㄇㄢˋ傾ㄑㄧㄥ斜ㄒㄧㄝˊ。

63

「傾斜了……這邊的浮力比較大，也就是說這邊的『體積』比較大。所以比較輕的青銅是……對！」

「這個！」

小黃把他認為是青銅的鈸拿起來，放進鑰匙孔裡。

接著「喀嚓」一聲，塵封許久的盒子發出閃亮光芒。

「黃金鈸！」

小黃是動物博士，也是鈸的演奏家。
阿橘是指揮全場的指揮家。
兩人是音樂學校的同學。

「話說回來，　得趕緊拿回
鑰匙才行。　」
「嗯，　我們快走吧！　」

倭黑猩猩抓著走廊吊燈和
柱子雕飾，　擺盪前進。

「看我這招！」

小_{ㄒㄧㄠ}黃_{ㄏㄨㄤ}突_{ㄊㄨ}然_{ㄖㄢ}大_{ㄉㄚ}聲_{ㄕㄥ}
敲_{ㄑㄧㄠ}響_{ㄒㄧㄤ}了_{ㄌㄜ}鈸_{ㄅㄚ}。

所有動物都受到了驚嚇。紅袋鼠停止跳躍，印度孔雀展開羽毛，貓頭鷹骨碌骨碌轉著頭，馬來豪豬豎起背上的刺，犰狳把身體捲成球狀。

♪ 找一找，星星音符在哪裡？有 **8** 個唷！

倭黑猩猩被印度孔雀突然展開羽毛嚇一跳，從天花板上掉了下來，接著又踩到腳邊圓圓的犰狳，往後跌了個四腳朝天。

「快抓住牠！」

鑰﹙一ㄠˊ﹚匙﹙ㄕ﹚終﹙ㄓㄨㄥ﹚於﹙ㄩˊ﹚拿﹙ㄋㄚˊ﹚回﹙ㄏㄨㄟˊ﹚來﹙ㄌㄞˊ﹚了﹙ㄌㄜ˙﹚。

三人看著從籠子裡
跑出來的動物。
看了好久、 好久。

72

「真是太美了。」

「感覺比白天的動物園更有生命力。」

隔天早晨， 動物們要從
城堡回家去了。
「 謝謝！ 下次換我們去
看你們哦！ 」
三人微笑著目送動物們
離開了。

劇終

阿基米德的皇冠

你解開銅和青銅的謎題了嗎？這個謎題是來自
大約2200年前的「阿基米德的皇冠」。

很久很久以前，敘拉古（現在位於義大利西西里島上）的國王
希倫二世用純金訂做了一頂皇冠。但國王卻聽見有人説「工匠
偷了一點金，混了銀進去。」銀比金還要輕，而且比金便宜。
但是皇冠看起來就像是只用金子打造的，重量也跟「皇冠應該
用掉的金子」一樣重。國王也不可能把手工細緻打造的皇冠熔
解來檢查，所以就把科學家也是數學家的阿基米德找來，讓他
來調查皇冠是否純金打造的。

阿基米德思考了非常久，但一直想不到什麼好方法。

有一天，他在浴缸裡泡澡時，忽然發現自己的身體變輕了，他
想：「如果把『皇冠』和『皇冠應該用掉的金子』一起放入水
裡會怎麼樣呢？要是兩個的結果不同，有可能就是摻了金子以
外的東西（銀）吧？」當他想到這裡，因為太興奮，所以沒穿
衣服就跑了出去，還一邊大喊「我想到了！我想到了！」。然
後，他把皇冠和相同重量的金子放入水中，果然發現工匠偷偷
動了手腳。

這個原理也叫做「阿基米德原理」。現在，大家理所當然都知道的各
式各樣原理，説不定每個都是讓人興奮到想衝出去的驚人大發現呢！

菲爾茲獎，又被稱為數學界
的諾貝爾獎，獎牌上刻的就
是阿基米德的側臉。

©Stefan Zachow，
International Mathematical Union

正面

背面

不會鬆開的繩結打法

插圖／齋藤

◉ 稱人結

這種繩結很穩固，常用於「稱」起一個人或一件物品，因此叫做「稱人結」。稱人結可以快速綁牢，也很容易解開，所以被運用在許多地方，例如搭帳篷、吊燈籠等。但是，如果被體重100多公斤的獅子衝撞，仍有可能鬆開或斷裂，所以籠子還是要上鎖。

判斷獅子是否危險的方法

獅子眼睛的瞳孔平常是一個小點，生氣的時候瞳孔就會放大。故事裡的小黃，應該觀察了獅子的眼睛哦！而灑水這個方法，也是動物園裡保育員要讓獅子移動，實際使用的方法。

瞳孔的形狀

這個故事裡出現了許多動物，仔細看的話，就會發現動物的瞳孔有各式各樣的形狀！大象和倭黑猩猩是圓形，斑馬、牛羚和長頸鹿是橫的橢圓形。又因為生活方式不同，有些動物的眼睛是往前看，有些則是往兩邊看呢！而本書中沒出現的動物，像是貓咪的瞳孔是直的橢圓形，海豚是U字形。當你去動物園或水族館的時候，記得仔細觀察動物的瞳孔唷！

長頸鹿

牛羚

猩猩的祕密

倭黑猩猩是猩猩的一種，手比黑猩猩長，也比黑猩猩瘦一點。倭黑猩猩居住地在非洲大陸的剛果共和國。和很容易打架的黑猩猩不同，倭黑猩猩的個性溫和，會把食物分給群體裡的其他倭黑猩猩，也會互相理毛，對陌生的群體保持友善。倭黑猩猩可能真的會用鑰匙開門。1989年在日本發生的真實事件，從房間逃出的不是倭黑猩猩，而是一隻叫「愛」的黑猩猩。雖然無法判定，但說不定確實是「愛」把門打開的呢！

斑馬的鬃毛

在斑馬中，細紋斑馬的條紋較細，是圖案最美麗的種類。牠們住在非洲大陸的衣索比亞和肯亞等地。就像國王說的，細紋斑馬身上的毛粗粗硬硬的，而且鬃毛跟身上的花紋連在一起，毛下的皮膚也有深淺的斑紋圖案。細紋斑馬寶寶在出生的時候，身上就有黑白條紋嘍！為什麼會有黑白條紋呢？目前我們還不清楚原因。「如果很多斑馬聚集在一起，看不出來從哪裡到哪裡是斑馬，就不容易被獅子攻擊」，或是「黑白的條紋可以讓空氣流動，變得涼爽，也可以防止蒼蠅」各種說法，等你長大之後，說不定就能解開斑馬黑白條紋之謎呢！

動物園開放時間

大多數的動物園都是在白天開放，所以我們會覺得好像所有動物都是在白天活動，實際上並不一定哦！貓頭鷹主要在夜間活動，牠的眼睛和身體也演變成適合在夜間活動的樣子。獅子和河馬也在夜間活動，所以白天大多懶洋洋的。獅子的獵物，像是長頸鹿或斑馬，當然也是在傍晚時比較有精神，尤其是長頸鹿的睡眠時間非常短，就算在動物園坐在地上睡覺，也只會睡20分鐘左右。如果你傍晚到動物園或晚上到草原去，可能會看到和白天不一樣的風景呢！

印度孔雀的羽毛和豎琴海豹的寶寶

《一日動物園驚魂》雖然是認真做過研究後所寫的故事，但「豎琴海豹寶寶」和「印度孔雀展開羽毛」要同時出現，基本上是不可能的。豎琴海豹大約在2月生產，海豹寶寶身上的白毛只會維持兩週左右，很快就會跟成年海豹一樣變成黑色。公印度孔雀為了吸引雌孔雀而展開美麗羽毛的時間大約在4～6月，過了這段期間，漂亮的羽毛就會脫落。

公印度孔雀在
4～6月時展開羽毛

豎琴海豹寶寶大約
在2月出生

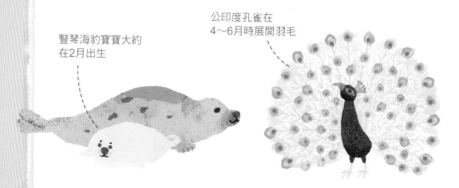

皇帝企鵝擠呀擠

皇帝企鵝住在南極大陸。南極大陸的冬季，一整天都照不到太陽，只有暴風雪狂吹。皇帝企鵝擠呀擠，是為了對抗寒冷的一種行為，這個行為叫做「圍聚（Huddle）」。據說，外圈的企鵝和內圈的企鵝，會慢慢的交換位置哦！

騎鴕鳥

本書作者Tojo-San真的騎過鴕鳥。騎上去之後，鴕鳥背上連接腿部的肌肉，會左突右突的起伏。光是為了不摔下去，就累得不得了。

可能從地球上消失的物種

鯨頭鸛是瀕危物種（數量不斷減少，可能會從地球上消失）。國際自然保育聯盟編寫的《紅皮書》，根據動物存在地球上的數量，將動物分成好幾個等級。獅子、非洲象、皇帝企鵝、索馬利亞長頸鹿等都名列瀕危等級，貓熊則是屬於「在人類保育活動下數量增加」的下一個等級。動物園會保護和研究這些瀕危動物，也會幫助這些動物孕育小寶寶哦！

繪童話

第一次王國 ❸
一日動物園驚魂

作者：Tojo-San｜繪者：立本倫子｜翻譯：蘇懿禎

問題設計：小澤博則（濱學園）｜音樂協力：GAKU
日本版美術設計：植草可純、前田步來（APRON）

總編輯：鄭如瑤｜主編：陳玉娥｜美術編輯：張雅玫｜行銷副理：塗幸儀｜行銷助理：龔乙桐

社長：郭重興｜發行人兼出版總監：曾大福
業務平臺總經理：李雪麗｜業務平臺副總經理：李復民
實體業務協理：林詩富｜特販業務協理：陳綺瑩｜海外業務協理：張鑫峰
印務協理：江域平｜印務主任：李孟儒
出版與發行：小熊出版・遠足文化事業股份有限公司
地址：231 新北市新店區民權路 108-3 號 6 樓｜電話：02-22181417｜傳真：02-86672166
劃撥帳號：19504465｜戶名：遠足文化事業股份有限公司
客服專線：0800-221029｜客服信箱：service@bookrep.com.tw
Facebook：小熊出版｜E-mail：littlebear@bookrep.com.tw
讀書共和國出版集團網路書店：http://www.bookrep.com.tw
團體訂購請洽業務部：02-22181417 分機 1132、1520

法律顧問：華洋法律事務所／蘇文生律師｜印製：凱林彩印股份有限公司
初版一刷：2022 年 4 月｜初版二刷：2022 年 6 月｜定價：320 元｜ISBN：978-626-7050-69-9

HAJIMETEOKOKU VOL. 3
by Tojo-san and Michiko TACHIMOTO
©2021 Tojo-san and Michiko TACHIMOTO All rights reserved.
Original Japanese edition published by SHOGAKUKAN.
Traditional Chinese (in complex characters) translation rights in Taiwan arranged with SHOGAKUKAN
through Bardon-Chinese Media Agency.
HAJIMETEOKOKU VOL.3 ©Tojo-san and Michiko TACHIMOTO / SHOGAKUKAN

國家圖書館出版品預行編目（CIP）資料

第一次王國. 3，一日動物園驚魂／Tojo-San 作；
立本倫子繪；蘇懿禎翻譯. -- 初版. -- 新北市：
小熊出版：遠足文化事業股份有限公司發行，
2022.04
80 面；15×21 公分 . --（繪童話）
注音版
ISBN 978-626-7050-69-9（平裝）

861.599　　　　　　　　111001586

小熊出版讀者回函　小熊出版官方網頁

黑暗裡的探戈

作詞：小黃　作曲：阿橘

探戈是起源自阿根廷的舞曲，帶有強烈節奏，旋律活潑

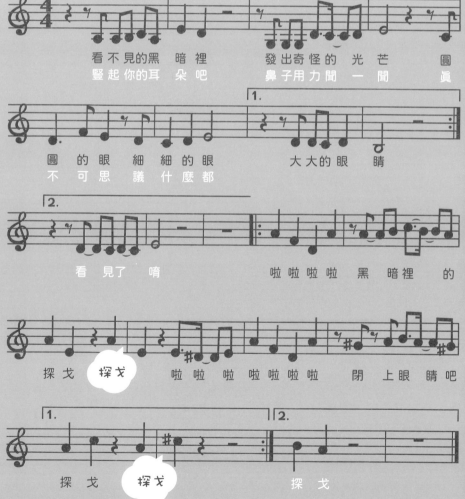

看不見的黑　暗　裡　　發出奇怪的　光　芒　　圓
豎起你的耳　朵　吧　　鼻子用力聞　一　聞　　真

1.
圓　的眼　細　細的眼　　大大的眼　睛
不　可思　議　什麼都

2.
看　見了　唷　　　　　啦啦啦啦　黑　暗　裡　的

探戈　探戈　　啦啦　啦　啦啦啦啦　閉　上眼　睛吧

1.
探戈　探戈

2.
探　戈

找一找
星星音符
♪解答

8～9頁
找一找，8 個星星音符在哪裡？

18～19頁
找一找，8 個星星音符在哪裡？

40～41頁
找一找，8 個星星音符在哪裡？

掃描 QR Code
播放演唱版
跟著唱，
播放伴奏版
自己唱。

68～69頁
找一找，8 個星星音符在哪裡？